SUR LA PISTE DU PUMA

D'après la série «Yakari»
© Derib + Job – Le Lombard (Dargaud. Lombard S.A.)
© 2016 – Ellipsanime Productions / Belvision / Les Cartooneurs /
ARD & WDR / 2 Minutes

Adaptation de l'épisode : «La piste du puma»
Histoire originale de Stéphane Melchior
Réalisation : Xavier Giacometti

Pour la présente édition :
© 2017, Bayard Éditions
18 rue Barbès, 92128 Montrouge Cedex
Tous droits réservés. Reproduction même partielle interdite.
Septième édition - août 2019
Dépôt légal : juin 2017
ISBN : 978-2-7470-8288-4
Loi n⁰ 49-956 du 16 juillet 1949 sur les publications destinées à la jeunesse
Imprimé en France par Pollina - 90423

YAKARI

Texte de Christophe Lambert

D'après l'histoire originale de Stéphane Melchior

SUR LA PISTE DU PUMA

bayard jeunesse

LES PERSONNAGES DE L'HISTOIRE

GRAND AIGLE

Ce pygargue à tête
blanche est le totem
de Yakari, son protecteur.
Il lui a donné le pouvoir
de parler à tous
les animaux.

YAKARI

est un petit Sioux
courageux, malicieux
et débrouillard. Il vit
heureux dans la Grande
Prairie, au milieu de
la nature pleine de
surprises et de dangers…

PETIT TONNERRE

Indomptable,
ce fougueux petit
mustang est le plus
fidèle ami de Yakari,
le seul de la tribu
à avoir le droit
de le monter.

ARC-EN-CIEL

est la meilleure amie de
Yakari. Elle est serviable
et de bon conseil dans
toutes les situations !
Elle connaît aussi les
vertus des plantes.

GRAINE-DE-BISON

Impulsif et turbulent,
mais habile tireur
à l'arc, il s'élance
toujours sans trop
réfléchir à l'appel
de l'aventure !

ROC TRANQUILLE

est l'ancêtre de la tribu. Il incarne la mémoire et l'expérience des Anciens. Il est aussi très farceur malgré son grand âge.

REGARD DROIT

Le père de Yakari est le chef de la tribu. C'est lui qui prend les décisions pour la communauté et qui mène les chasses au bison.

1
Incident de chasse

Ce matin-là, Yakari se promène dans la forêt en compagnie de son cheval Petit Tonnerre, quand il aperçoit Nuage d'Orgueil. Ce jeune guerrier sioux à l'air farouche est occupé à écarter les herbes et les fougères pour examiner des traces de

pas laissées sur le sol. Il est certaine-
ment en train de traquer un animal
sauvage. Pourtant, les Sioux ont
beaucoup chassé ces derniers temps,

en prévision de l'hiver qui approche, et leurs réserves de nourriture sont remplies de viande séchée.

Poussé par la curiosité, Yakari décide de suivre le guerrier.

Un quart d'heure plus tard, Nuage d'Orgueil s'arrête au milieu de la forêt. Il encoche une flèche sur son arc et se remet à avancer tout doucement. Ses mocassins ne font presque pas de bruit sur l'herbe.

« Ça y est, il a trouvé sa proie », pense Yakari.

Et, en effet, en tournant la tête vers une clairière, le papoose aperçoit un puma en train de se lécher une patte. Le fauve n'a pas l'air conscient du danger qui le guette.

Nuage d'Orgueil tend la corde de son arc. Le puma lève la tête. Il a entendu un bruit, mais il est trop tard : la flèche va partir !

– Non, ne le tue pas ! s'exclame Yakari en laissant parler son cœur.

Monté sur Petit Tonnerre qui galope à toute allure, il vient de surgir des fourrés et s'interpose entre le chasseur et le puma.

Surpris, Nuage d'Orgueil détourne son arc dans un sursaut. La flèche part, siffle aux oreilles de Yakari, et vient se ficher non loin du puma. Il s'en est fallu de peu ! Le fauve gronde et bondit sur Nuage d'Orgueil, qui n'a pas le temps de tirer une nouvelle flèche. Apeuré, le

guerrier abandonne son arc et prend la fuite. Le félin le poursuit. Nuage d'Orgueil court à en perdre haleine.

Les branches giflent son visage ; les ronces griffent sa peau et déchirent sa tunique par endroits, mais peu lui importe : tout ce qu'il veut, c'est mettre le plus de distance possible entre le puma et lui.

– Suivons-les, dit Yakari à son poney.

Il espère arranger les choses, même s'il ne sait pas trop comment.

Essoufflé, Nuage d'Orgueil arrive au bord d'une petite falaise au pied de laquelle des squaws sont occupées à cueillir des baies. Un pas de plus, et c'est le vide. Nuage d'Orgueil se

retourne à temps pour voir s'écarter
les buissons. Le puma va lui sauter
dessus ! Terrifié, le guerrier recule,
son pied dérape… et il tombe à la
renverse. Heureusement, une dizaine
de mètres plus bas, des fourrés sont
là pour amortir sa chute. Crrraac !

L'Indien atterrit dedans en soulevant une impressionnante gerbe de feuilles. Les squaws poussent des cris de surprise et s'écartent pour éviter le guerrier tombé du ciel. Elles ne comprennent pas ce qui se passe.

– Le… le puma ! bredouille Nuage d'Orgueil.

Les femmes lèvent les yeux vers le sommet de la falaise, mais le puma a disparu. Yakari, en revanche, vient

d'arriver sur son cheval et se penche au bord du vide. Il questionne :

– Euh… ça va, Nuage d'Orgueil ? Tu ne t'es pas fait mal ?

Blessé dans sa fierté, le guerrier lance un regard furieux à Yakari.

2
Pour l'honneur de Nuage d'Orgueil

De retour au campement, Nuage d'Orgueil demande au conseil des sages de se réunir sous le tipi du chef, Regard Droit. Celui-ci est également le père de Yakari. Nuage d'Orgueil s'estime humilié et, d'après lui, c'est la faute du papoose !

– Nous connaissons tous la passion de Yakari pour les animaux, dit Regard Droit. Il est jeune. Il faut lui pardonner.

– Et Yakari a raison quand il dit que les réserves de nourriture sont pleines, ajoute Celui-qui-Sait, le chaman. Nous n'avons pas besoin de viande supplémentaire.

– Peut-être, rétorque Nuage d'Orgueil, mais, maintenant, toute la tribu se moque de moi parce que j'ai fui devant le puma. Il n'y a qu'une seule manière de laver mon honneur : je dois tuer cet animal, et, s'il veut réparer sa faute, Yakari doit m'aider à le retrouver.

À la surprise de tous, Yakari répond :

– D'accord, j'accepte.

Les membres du conseil n'en reviennent pas : Yakari ne ferait jamais de mal à un animal !

– C'est vraiment ce que tu veux, mon fils ? demande Regard Droit.

– Oui, répond Yakari. J'ai bien réfléchi, père. C'est la meilleure solution.

Nuage d'Orgueil se lève, satisfait.

– Alors retrouvons-nous demain à l'aube. On verra si tu tiens parole.

Et il sort fièrement du tipi.

Le lendemain, dès l'aube, Yakari et Petit Tonnerre attendent Nuage d'Orgueil au centre du campement sioux.

— Je suis très étonné, Yakari, grogne le cheval. Aider un chasseur à tuer du gibier, ça ne te ressemble pas.

— Je ne suis pas venu pour aider Nuage d'Orgueil à tuer le puma, mais au contraire pour l'en empêcher, répond Yakari.

– Ah, je comprends mieux… Mais n'est-ce pas trop dangereux ?

Le garçon est sur le point de répondre quand Nuage d'Orgueil apparaît avec tout son équipement.

– Alors, prêt pour la chasse au puma ? lance-t-il d'un air de défi.

– Je suis prêt, répond Yakari sans se laisser impressionner.

Montés sur leurs chevaux, les deux Indiens sortent du village alors que la lumière dorée du soleil levant caresse la cime des arbres.

3
La chasse commence

Alors qu'ils chevauchent vers la forêt, Nuage d'Orgueil adresse un sourire mauvais à son jeune compagnon.

– Il paraît que tu es un bon cavalier ? C'est ce qu'on va voir… Suis-moi, si tu peux !

Un coup de talons sur les flancs de son cheval, et le voilà qui part au galop.

– On va lui montrer, glisse Yakari à l'oreille de Petit Tonnerre, qui s'élance à la poursuite du guerrier.

Les sabots des chevaux martèlent le sol. C'est une course folle qui vient de débuter dans le sous-bois. Les cavaliers sautent par-dessus les buissons et les troncs renversés. Yakari ne se contente pas de rattraper Nuage d'Orgueil : il le dépasse ! Quand les deux Indiens jaillissent de la forêt, Yakari a une belle longueur d'avance et…

– Stop ! crie-t-il, les yeux écarquillés de peur.

Encore cinq mètres, et il arrivait au bord de la falaise. Heureusement, Petit Tonnerre a de bons réflexes : il a freiné des quatre sabots !

– Bien joué, aboie Nuage d'Orgueil dans son dos. Je reconnais que tu ne te débrouilles pas mal, pour un papoose. Voyons maintenant ce que tu vaux, comme pisteur.

— Tu sais, répond Yakari, le territoire du puma est immense. De plus, il est agile, rapide. Il sait nager et grimper aux arbres. On peut passer juste à côté de lui sans le voir et…

– Tu n'arriveras pas à me décourager, alors tais-toi !

Les deux cavaliers empruntent un sentier de montagne qui grimpe en altitude. Autour d'eux, de grands sapins semblent atteindre le ciel. Un aigle survole le paysage, loin, là-haut, près des nuages.

Quelques instants plus tard, les deux Indiens arrivent en vue d'un ravin étroit et profond. Nuage d'Orgueil a repéré des traces qui s'arrêtent au bord du précipice.

– Le puma a sauté ici, déclare-t-il.

« J'aurais bien aimé que Nuage d'Orgueil ne remarque pas ces traces, mais il a bon œil… », pense Yakari.

– Nous allons devoir suivre le même chemin que lui, poursuit le chasseur d'un air déterminé.

Sans attendre la réponse de Yakari, il prend son élan et fait sauter le ravin à son cheval. La manœuvre paraît très dangereuse : toute chute serait mortelle… Mais Nuage d'Orgueil est un excellent cavalier. Il parvient sain et sauf de l'autre côté.

– Tiens-toi bien, Yakari, dit Petit Tonnerre en prenant le même chemin.

À son tour, le cheval recule de quelques mètres, et se lance au galop. Yakari a le cœur qui bat fort. Il s'agrippe à la crinière de son ami, ferme les yeux et… ouf, ils ont réussi : tous deux ont franchi le canyon.

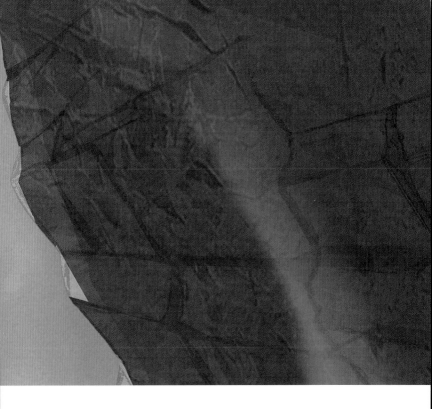

– Bravo, papoose, tu m'impressionnes, reconnaît Nuage d'Orgueil pendant que son jeune compagnon reprend son souffle.

Soudain, le guerrier devient tout pâle.

– Oh, non, gémit-il. Mon sac-médecine !

Il montre du doigt un petit sac orné de perles, suspendu au-dessus du vide, dix mètres plus bas. Le sac-médecine est très important pour les Indiens : il contient leurs objets magiques les plus précieux. Le sac est accroché à une branche qui dépasse de la paroi du ravin. Nuage d'Orgueil était tellement concentré, durant son saut, qu'il ne s'est pas rendu compte qu'il avait perdu son sac !

– La branche est trop fine pour que tu grimpes dessus, dit Yakari. Je vais y aller.

– Pas question, proteste Nuage d'Orgueil. J'ai promis à ton père de te ramener sain et sauf. C'est trop dangereux.

Mais le papoose a déjà sauté de son cheval pour entamer la descente.

4
Une aide inattendue

Yakari s'accroche à la paroi rocheuse avec une agilité surprenante, trouve des prises, glisse le bout de ses mocassins dans la moindre petite fissure. Nuage d'Orgueil et Petit Tonnerre ne le quittent pas des yeux. Le cheval a une boule

dans la gorge et le cœur du guerrier bat plus vite que d'habitude. Il
sait que, si le fils de Regard Droit se
blesse en tombant, jamais le chef ne
le lui pardonnera.

– Reviens, lance-t-il. Tant pis pour
le sac !

Mais Yakari ne l'écoute pas. Il a
atteint la branche et s'y accroche à
deux mains. Il progresse à présent à

la force des bras. Ses pieds dansent dans le vide. Il tend une main vers le précieux sac et…

– Hourra !

Ça y est ! Il l'a attrapé !

Tout à coup, la branche craque.

– Aaaahhh ! crie Yakari.

Le cœur de Nuage d'Orgueil bondit. Petit Tonnerre hennit d'an-

goisse. Le papoose n'a pas lâché le sac mais il tombe en gesticulant. Il va se briser le cou lorsque, soudain, une grande ombre glisse dans les airs avec un cri perçant. Un magnifique aigle vient de surgir du fond du ravin. Il attrape Yakari en plein

vol et s'éloigne en battant ses ailes majestueuses.

Nuage d'Orgueil et Petit Tonnerre restent figés de stupeur. Ils ont du mal à croire ce qu'ils viennent de

voir. La surprise passée, ils s'élancent à la poursuite de leur compagnon.

L'aigle a déposé Yakari sur le sol quelques centaines de mètres plus loin.

– Merci, Grand Aigle, dit le petit Indien.

Il connaît bien l'oiseau, qui est son totem.

– Tu es sauvé, répond Grand Aigle.

Mais tu t'es montré bien imprudent.

— J'espérais calmer Nuage d'Orgueil en lui rapportant son sac, se justifie Yakari. Je voulais qu'il renonce au puma pour me remercier de lui avoir rendu ce service.

– Pour sauver la proie, il faut toucher le cœur du chasseur.

– Que veux-tu dire ?

– À toi de le découvrir, Yakari…

À cet instant, le sac-médecine de Nuage d'Orgueil s'entrouvre, et Yakari peut voir ce qu'il contient : une petite plume blanche, des perles bleues et une figurine en bois représentant… un puma !

Des bruits de sabots approchent.

Grand Aigle s'envole, après avoir salué une dernière fois son protégé. Yakari se retourne et voit arriver ses compagnons.

– Le Grand Esprit soit remercié, tu es sain et sauf! s'exclame Nuage d'Orgueil.

Petit Tonnerre pousse un hennissement de soulagement.

– Oui, tout va bien, ne vous

inquiétez pas, dit Yakari en rangeant rapidement les affaires dans le sac.

Il le redonne à Nuage d'Orgueil.

– Comment te remercier ? demande le guerrier.

– Renonce au puma, répond Yakari.

– Je ne peux pas, tu le sais. J'ai juré de me venger de ce maudit animal !

Yakari baisse les yeux, déçu. Il redoutait d'entendre ces mots.

– Il faut que tu retournes au camp, reprend Nuage d'Orgueil. Cette chasse devient trop risquée.

– Non, je reste avec toi, dit le papoose avec fermeté.

Il remonte sur le dos de Petit Tonnerre, plus déterminé que jamais.

5
La confrontation finale

Plus tard, alors que les deux Indiens chevauchent toujours dans la montagne, Yakari brise le silence :

– Je ne l'ai pas fait exprès, Nuage d'Orgueil, mais j'ai vu ce qu'il y avait dans ton sac quand il s'est ouvert, dit-il d'une voix hésitante. Cette figurine

de puma… C'est toi qui l'as sculptée ?

Nuage d'Orgueil hoche la tête, songeur. Il regarde devant lui et semble perdu dans ses souvenirs.

– J'avais à peu près ton âge quand

j'ai recueilli un jeune puma qui avait perdu sa mère. Je l'ai soigné et nourri. Je le considérais comme mon ami…

La voix de l'Indien devient plus grave :

– Mais, quand il est devenu grand et fort, le puma a voulu retourner dans la forêt. J'ai essayé de l'en empêcher, mais il m'a griffé et il est parti, me laissant tout seul avec mon

chagrin. Je ne l'ai jamais revu. Il m'a trahi !

Les yeux du fier guerrier brillent de rage.

– Les animaux sauvages sont faits pour vivre dans la nature, tu le sais bien, dit Yakari.

Soudain, Nuage d'Orgueil arrête son cheval. Il a aperçu des traces, par terre.

– Il est là ! Tout près !

Le chasseur saute de sa selle et se dirige vers une rangée d'arbres qui forment comme une haie géante.

– Attends ! lance Yakari.

Mais Nuage d'Orgueil ne l'écoute pas. Il n'entend plus que les battements fous de son cœur. Il touche au

but. Il se sait. Il le sent. Le jeune chasseur débouche, à découvert, sur un plateau recouvert d'herbe rase et de quelques rochers.

— Où es-tu, puma ?! lance-t-il, furieux. Qu'on en finisse !

Un rugissement pousse Nuage d'Orgueil à se retourner. Son ennemi est là, sur un rocher, à deux mètres à peine. Il pourrait lui sauter dessus d'un bond. L'homme et l'animal se défient du regard. Nuage d'Orgueil lève lentement son arc. Il a encoché une flèche. Le puma grogne et se ramasse sur lui-même, prêt à bondir.

– Arrêtez ! crie Yakari, qui vient d'arriver sur le plateau.

Le puma a sauté. Il renverse Nuage d'Orgueil, qui tombe à terre, sur le dos. L'Indien n'a pas eu le temps de tirer sa flèche. Le fauve montre ses crocs en grondant. Il approche sa gueule menaçante à quelques centimètres de l'Indien, qui est terrifié et ne peut pas bouger.

– Tu as gagné, dit Nuage d'Orgueil, la gorge sèche. Fais de moi ce que tu veux, puma.

– Sois indulgent, puma, dit Yakari. Je t'en prie.

Le temps est comme suspendu.

Enfin, le fauve cesse de grogner et saute dans l'herbe. Il s'éloigne sans se retourner et sans se presser, avec grâce.

Nuage d'Orgueil le regarde. Il hésite à lever de nouveau son arc pour le tuer. Il tremble.

– Vous êtes pareils, toi et le puma, dit Yakari. Puissants et fiers. Le puma s'est montré généreux. Sauras-tu faire de même ?

Le guerrier hésite. Il respire profondément et fait « oui » de la tête.

– C'est vrai, reconnaît-il, tu as raison Yakari. Le puma aurait pu me tuer mais il ne l'a pas fait.

– En faisant la paix avec ton ennemi, tu te montres plus fort que la haine, termine l'enfant.

Nuage d'Orgueil sourit. Sa respiration ralentit. Il semble plus apaisé.

– Merci de m'avoir aidé à com-

prendre tout cela, dit-il en posant une main sur l'épaule de Yakari. À présent, il est temps de rentrer chez nous.

Le papoose et l'adulte montent sur leurs chevaux et prennent le chemin du retour.

Petit Tonnerre pousse un hennissement de joie. Il est fier de son
compagnon. Là-haut, dans le ciel,
un grand aigle lui répond par un cri
bienveillant.

FIN

DÉCOUVRE TOUTES LES AVENTURES DE YAKARI !

Tome 1

Tome 2

Tome 3

Tome 4

Tome 5

Tome 6

Tome 7